Este diário pertence a:

Pippa Morgan

FIQUE LONGE!

Ciranda Cultural

CIP-Brasil. Catalogação na Publicação
Sindicato Nacional dos Editores de Livros, RJ

D525
O diário da Pippa Morgan / [Hothouse Fiction Limited] ; ilustração Kate Larsen ; tradução Flávia Busato Delgado. – 1. ed. – Barueri : Ciranda Cultural, 2015.
176 p. : il. ; 20 cm. (O diário da Pippa Morgan)

Tradução de: Pippa's morgan diary
ISBN 9788538066040

1. Conto infantojuvenil inglês. I. Larsen, Kate. II. Delgado, Flávia Busato. III. Título. IV. Série.

15-25699

CDD: 028.5
CDU: 087.5

Publicado pela primeira vez no Reino Unido em 2014
pela Scholastic Children's Books.

Tradução: Flávia Busato Delgado

1ª Edição
www.cirandacultural.com.br

O Diário da Pippa Morgan

TUDO SOBRE MIM

Nome: Pippa Jane Sábado Rachel Morgan
(O único nome do meio que meus pais me deram foi Jane, mas eu acrescentei os outros dois porque acho muito injusto a gente não poder escolher nosso nome. Afinal, nós é que temos que usá-lo para o RESTO DA VIDA! Eu escolhi Sábado porque é meu dia da semana preferido e Rachel porque é o nome da minha melhor amiga.)

Idade: 10 anos (o que é muito legal, porque dez é meu número preferido depois do infinito, mas acho que nunca vou ter idade infinita!)

Altura: meia testa mais alta que a prateleira do corredor. (Eu sei disso porque semana passada eu bati com tudo na prateleira do corredor e fiquei com um machucado bem no meio da minha testa. Mas eu nem liguei, porque ficou parecendo o símbolo do Batman.)

Cor preferida: índigo (não sei muito bem que cor é essa, mas o nome soa muito legal. Tente falar bem alto e veja se não tenho razão: ÍN-DI-GO!)

Animal preferido: eu amo todos os animais, então fica muito difícil escolher. Se eu tivesse que escolher, seria o coelho-cachorro (meus dois animais preferidos em um só). ☺

Estrela do pop preferida: Tiffany J!!!

Música preferida: *Viver é D+* da Tiffany J.

Comida preferida: nuggets de frango e a pizza do meu pai.

O que quero ser quando crescer: ginasta. Ou espiã. Ou talvez uma ginasta que faz espionagem. Eu poderia espionar todas as pessoas da plateia durante as apresentações.

(*engolindo lágrimas*) Ontem, às 11h32, minha melhor amiga de todos os tempos, Rachel Adams, se mudou para o outro lado do mundo.

Você já perdeu sua melhor amiga? Bom, espero que nunca aconteça com você, porque é a PIOR COISA DO MUNDO.

Minha mãe me deu este diário.

Ela disse que escrever sobre as coisas "me ajudaria a processar meus sentimentos de perda".

???

Escrever é praticamente o mesmo que fazer lição de casa, mas vamos lá...

Domingo

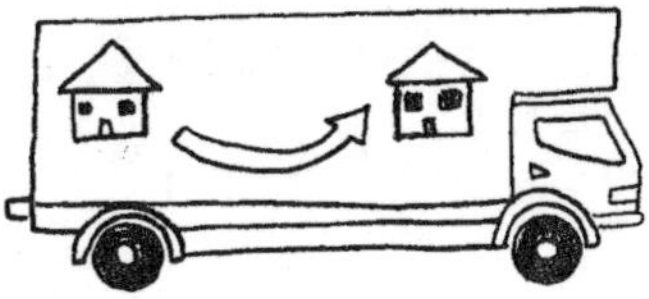

Eu ainda sinto o cheiro ruim do caminhão de mudança. Só deu tempo de eu e a Rachel nos abraçarmos e chorarmos enquanto carregavam as coisas dela. Depois, fiquei com os olhos arregalados, igual a uma criança que acabou de perder o cachorrinho, vendo a Rachel ir embora e acenar para mim pela janela do carro dos pais dela.

Eu NUNCA vou perdoar os pais da Rachel. AINDA NÃO CONSIGO ACREDITAR QUE ELES DECIDIRAM QUE MORAR NA ESCÓCIA ERA MELHOR DO QUE MORAR TRÊS CASAS DEPOIS DA MINHA!

A Escócia fica, tipo, a um zilhão de quilômetros de distância.

A Rachel disse que nada mudaria de verdade. (*revirando os olhos*) Ela disse que ainda seríamos melhores amigas, mesmo estando tão longe uma da outra. Eu adoro a Rachel, mas às vezes ela viaja na maionese.

É claro que ainda vamos ser <u>melhores amigas</u>. Mas não é a mesma coisa. Eu só posso falar com ela pelo telefone fixo. E não posso vê-la todos os dias.

Nós NUNCA MAIS vamos poder vestir a roupa brilhante de ciclista do meu pai e ficar sob as luzes fluorescentes no supermercado para ver quantas pessoas prestam atenção na gente.

A seção de congelados era a melhor porque as geladeiras tinham um brilho azul que nos fazia parecer luminosas. A gente oferecia ajuda aos clientes para pegar os filés de peixe e o sorvete, e tentávamos não rir quando eles meio que fechavam os olhos como se estivessem olhando para o sol.

A gente amava se fantasiar. No verão passado, nós duas fingimos que éramos os personagens de *A Dama do Mosteiro*, nosso programa de televisão favorito! Era tããão romântico! Os personagens usavam roupas lindas de época. Eu e a Rachel entramos em todas as lojas de artigos usados da cidade até montarmos os MELHORES figurinos! A Rachel se vestiu de senhor Robert (sapatos afivelados, camisa de babado, chapéu grande e coisas do tipo) e eu coloquei dez saias uma por cima da outra e fiz um coque para ficar parecida com a senhorita Margareth. Nós passamos o dia todo imitando os personagens.

RACHEL: Senhorita Margareth, posso trazer-lhe algo do meu passeio matinal como prova de minha admiração?

EU: Senhor Robert, eu seria eternamente grata se o senhor me trouxesse uma dúzia de rosas, visto que o meu narizinho lindo precisa sentir um aroma delicado.

RACHEL: (rindo) Minha amável donzela! Por que não vem passear comigo para que cheiremos as rosas juntos?

EU: Oh, senhor Robert! Tenho tanta sorte de conhecer um cavalheiro tão gentil como o senhor.

E nós passamos o dia INTEIRO assim. Meus pais acharam bem engraçado (eles ainda eram casados) e foi o melhor dia de todos. Depois, minha mãe pediu para que a gente trocasse de roupa porque minhas saias longas estavam derrubando as quinquilharias da estante dela e a Rachel tinha que voltar para casa para o lanche da tarde.

Eu fico imaginando o que a Rachel está comendo agora. Eu poderia comer a mesma coisa que ela, aí seria como se estivéssemos lanchando juntas como a gente fazia quando a mãe da Rachel ia para as aulas de ioga.

O pior é que eu nem posso mandar uma mensagem de texto para ela, porque ela está morando em uma montanha no meio do NADA.

Pelo jeito, tem mais ovelhas que celulares onde ela mora agora.

Esta é a primeira vez que eu fico um dia inteiro sem ver a Rachel, tipo, desde SEMPRE.

Mas a minha mãe sempre me diz para tentar ver o lado bom das coisas, então vamos lá.

O lado bom da mudança da Rachel

1. A Rachel vai poder fazer um monte de amigos novos. (*soluços*)

2. Ela vai ficar com um sotaque escocês, e depois vai poder se tornar atriz, como ela sempre quis (para ser atriz, a gente tem que saber vários sotaques diferentes).

3. A gente pode escrever cartas de verdade uma para a outra, assim como a senhorita Margareth e a irmã dela, Georgina, e isso é muito fofo.

4. Sem a Rachel, eu vou ter um tempão para fazer lição de casa, então vou poder me tornar um gênio e inventar um modo de mandar mensagens de texto para qualquer lugar.

Acho que vou poder visitar a Rachel. Meu pai me perguntou onde eu queria passar as férias. Por que não na Escócia? Não é muito legal quando os pais se separam, mas o lado bom é que a gente pode passar as férias em DOIS lugares diferentes.

Os pais da Tiffany J também são divorciados. Isso nos torna praticamente almas gêmeas. Aliás, a Tiffany J está olhando para mim agora, em um pôster na parede do meu quarto. Parece que ela está me vendo de verdade e sabe o que está acontecendo comigo.

A Tiffany J é minha pessoa favorita no mundo inteiro (depois da Rachel). No pôster, ela parece uma princesa árabe, com um lenço esvoaçante e sapatos com bico enrolado. Ela é tãããão linda! Quem mais ficaria tão legal montada em um camelo?

Ela também é a maior cantora pop de todos os tempos. Ela venceu o *Voice Factor* no ano passado e logo depois lançou vários hits de sucesso. Com certeza, ela já foi para o exterior mais vezes do que eu fui para a escola. Ela é só três anos mais velha que eu e tem umas quinze mansões e um motorista para ir aonde ela quiser. Aposto que ela também tem um piloto só para ela. Ela deve ter centenas de melhores amigos e, se um deles se mudasse para o outro lado do país, um zilhão de novos amigos iam fazer fila na porta da casa dela.

Eu quero tanto ser que nem a Tiffany J.

Já pensou se eu fizesse teste para o *Voice Factor* deste ano? Até imaginei os jurados sentados atrás daquela enorme bancada de neon: o Steven

Fowl olhou a minha entrada triunfal no palco, com aquele olhar de "ela só tem 10 anos, será que é boa mesmo?", e então eu comecei a cantar. A minha voz estava FANTÁSTICA, melhor que a da Tiffany J! Quando eu comecei a dançar, o rosto dele se iluminou como se ele tivesse sido ligado na tomada.

A Karen Eastbourne estava sentada do lado dele com os olhos arregalados como uma coruja. A plateia me aplaudiu de pé. Na verdade, as pessoas até subiram nas cadeiras de tão empolgadas! Ninguém acreditou que eu era tão boa! Todos os jurados ficaram MARAVILHADOS. A Cheyenne subiu NA BANCADA e começou a aplaudir. O Huey Brown ficou travado na cadeira como se tivesse sido atingido por uma onda.

Eu queria que isso acontecesse de verdade!

Minha vida seria perfeita!

Segunda-feira

Estou escrevendo isto em segredo. Tenho que esconder o diário debaixo da mesa, no meu colo, para que o professor Bacon não veja. Estou começando a achar que este diário pode ser uma boa ideia. Não sei se está me ajudando a "processar meus sentimentos", mas, agora que a Rachel não está mais por perto, este diário é meio que meu novo melhor amigo.

O professor Bacon está ensinando geografia para a gente. (*bocejo*)

Ele está contando do que as montanhas são feitas. Qual o sentido disso? Ninguém vai fazer montanha nenhuma. Se alguém fizesse, onde colocaria?

A escola sem a Rachel é um saco. O Darren está sentado bem perto de mim. Debaixo da mesa dele, tem umas pedras do parquinho que caíram da

chuteira dele,

e ele tem bafo de cereal matinal. Estou tentando ignorá-lo, mas ele não para de fungar.

O professor desenhou na lousa um vulcão soltando pedras de fogo pelo ar. Espero que a montanha perto da casa da Rachel não seja um vulcão. É melhor eu escrever para ela. Preciso dizer para ela ver se não tem nada vindo do telhado.

Eu fico imaginando se o professor Bacon é casado. Ele não usa aliança. Acho difícil ele encontrar alguém que queira ser a senhora Bacon, porque não é um sobrenome muito comum. Só se ela tiver um sobrenome pior, tipo Sanduíche! ☺ Ia ser muito legal! Os filhos deles seriam Sanduíches de Bacon!

Lista de nomes engraçados

Rolando da Rocha

Caíque Brei

Jacinto Paixão

Alana Ovelha

Salvador das Dores

Arlindo Penteado

Ilka Brito Magro

Caio...

Hora do recreio

Voltei. Não consegui terminar a lista. O professor Bacon parou de desenhar vulcões e começou a falar sobre bioenergia. Ele decidiu que eu deveria mostrar para a classe como funciona uma turbina eólica. Eu tive que me levantar. Todos começaram a rir quando eu girei os braços como as hélices de um helicóptero. Foi muito engraçado, mas sem querer eu bati no rosto do Darren. Não foi nada, o nariz dele nem sangrou.

Só que, mesmo depois do meu pedido de desculpas, ele preferiu mudar de lugar.

O professor Bacon concordou e deixou o Darren sentar no lugar do Tom.

Eu não sei o que é pior: aguentar o bafo de cereal matinal do Darren e as pedras do parquinho ou ficar isolada na minha carteira.

Todos estão no parquinho agora. Eu sou a única criança que ficou na sala. Agora que a Rachel não está mais aqui, não tenho com quem brincar. Por isso, perguntei para o professor Bacon se eu podia ficar aqui dentro escrevendo no meu diário. Ele disse que eu podia, mas só se eu ficasse quietinha enquanto ele organizava a estante de livros. Então, estou fingindo que sou uma espiã, que nem aqueles que eu vi no programa *Espiões do Pedaço* ontem à noite. O professor Bacon é um agente secreto inimigo,

vasculhando a sala em busca de segredos de estado. Estou escondida debaixo da minha carteira, respirando bem baixinho para não fazer barulho. Eu anotei o nome dos livros que ele colocou na parte da frente da estante, são de uma coleção chamada *Explorando o Japão*. Acho que esse vai ser o novo tema das aulas, depois que a gente aprender a construir montanhas.

Adivinhe só! O professor Bacon acabou de me dizer que vai falar com a Catie Brown depois do recreio e ver se ela quer sentar do meu lado!!! ☺

A Catie Brown é a garota mais popular do nosso ano. Todos os alunos querem andar com ela. Ela tem uma <u>LISTA DE TURNOS</u> para controlar quem senta perto dela na hora do lanche.

Espero que ela goste de mim.

Estou tão ansiosa! Parece que estou com borboletas no meu estômago!

Mais tarde

Eu acho que a Catie vai gostar de mim. ☺ ☺

No começo, ela nem olhou para mim. Ela simplesmente sentou e ficou um tempão olhando para a carteira da Julie Johnson. Então, tentei fazer uns rabiscos doidos no meu caderno para ver se ela achava engraçado. Desenhei uma cenoura falante. E um gato com um capacete espacial. Mas ela nem ligou para eles.

Quando o professor falou para a gente colorir as figuras do Henrique VIII, eu contei para a Catie onde eu morava, falei sobre o meu hamster que morreu e também quais eram os meus programas de televisão preferidos.

Mas ela nem respondeu, só deu uma resmungada e continuou colorindo. Então, a Freya, que estava sentada na carteira atrás da minha, chegou perto da Catie e sussurrou para ela, dizendo que tinha visto a fila do teste para o *Voice Factor* na nossa cidade.

Reparei que os olhos da Catie brilharam e na hora percebi que ela gostava do *Voice Factor*!

– Eu fiz o teste – as palavras saíram da minha boca rápido demais, não pude evitar.

Catie olhou para mim como se eu tivesse aparecido do nada.

– Sério? Você foi lá e fez o teste? – os olhos dela estavam enormes e ela não tirava os olhos de mim.

Eu fiz um "sim" com a cabeça. Meu rosto começou a ficar vermelho, mas eu não podia parar. Eu tinha conseguido a atenção dela. Então eu contei tudo para ela, do jeito que eu tinha imaginado ontem à noite. Contei como os jurados ficaram surpresos e como a plateia aplaudiu.

E ela acreditou em mim. Os olhos dela quase saltaram do rosto, e aí ela falou as palavras mágicas:

– Você tem que sentar do meu lado na hora do lanche. Quero saber tudo.

A hora do lanche foi MUITO tensa. As gêmeas, Julie e Jennifer Johnson, sentaram com a gente. Minha boca estava tão seca que eu mal conseguia falar. Minha cabeça começou a girar quando a Catie sentou perto de mim e desembrulhou o lanche dela. Eu estava desesperada, tentando pensar em detalhes geniais para colocar na minha história do teste.

Mas as gêmeas ficaram rindo e fazendo uma lista de todas as coisas legais que começam com a letra J.

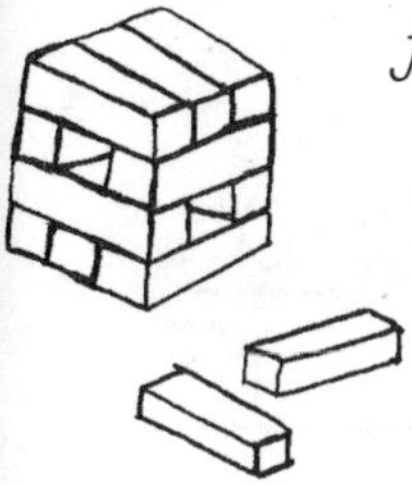

Joias.

Jenga.

Eu me esforcei MUITO para imaginar o que a Karen Eastbourne estaria vestindo no meu teste imaginário.

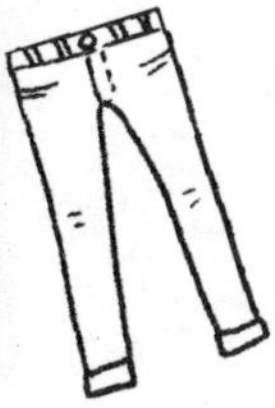

Jaqueta.

Jeans.

Jujuba.

E o cabelo da Cheyenne, como estaria?

Jantar.

Joaninha.

Jardim de infância.

COMO é que eu ia me concentrar na minha história se a Julie e a Jennifer continuavam falando palavras com J?

Coisas que eu NÃO GOSTO que começam com a letra J

Julie

Jennifer

Johnson

A Catie me perguntou *sobre* o teste:

– Quero *saber* TUDINHO.

E então eu comecei a contar.

– A Karen Eastbourne estava usando uma jaqueta inflável e o cabelo da Cheyenne estava cheio de acessórios japoneses.

Eu SABIA que eu ia misturar tudo!

A Catie enrugou a testa e senti que ela *sabia* que eu estava inventando tudo.

Então, eu respirei fundo e comecei a listar um monte de coisas aleatórias da minha fantasia:

- A plateia *subiu* nas cadeiras.

- O Steven Fowl ficou impressionado.

- A Cheyenne *saltou* da bancada e apertou minha mão no final.
- Depois, as pessoas se aglomeraram ao meu redor pedindo meu autógrafo.

Meu cérebro começou a doer, então dei uma mordida no meu sanduíche.

A Catie me ofereceu um salgadinho. Ela não parava de dizer "Nossa!" e "Incrível!".

Eu senti uma quentura no estômago. Detesto mentir para ela, mas era melhor do que ficar sozinha.

E aí ela disse:

– Eu queria que coisas emocionantes acontecessem comigo.

Eu me senti a maior mentirosa do mundo. Se a Catie *soubesse* a verdade, ela não ia querer falar comigo. E então eu disse uma coisa que era meio que verdade:

– Eu só queria que a Rachel estivesse aqui comigo.

E a Catie disse:

– A Rachel era sua melhor amiga, né? Você deve estar com saudades dela.

Fiquei aliviada em ter falado pelo menos uma coisa que era verdade. Eu falei para a Catie que eu sentia MUITA falta da Rachel. A Catie me disse que, no primeiro ano, a melhor amiga dela foi para uma escola diferente e ela chorou todos os dias durante uma semana.

Que tragédia, não?

Nós somos praticamente gêmeas (mas não somos sem graça como a Julie e a Jennifer).

O professor Bacon deve ter percebido nossa aproximação, porque depois do recreio ele me colocou para fazer trabalho com a Catie. A gente vai ter que mostrar como seria a vida de uma garota de 10 anos no Japão. (Eu sou MESMO uma ótima espiã! Eu já sabia que a gente ia estudar o Japão quando vi o professor Bacon guardando a coleção *Explorando o Japão* na estante na hora do recreio.) A Catie sorriu para mim enquanto ele lia os nomes e eu fiquei feliz pela primeira vez depois de muito tempo.

Depois da aula, ela esperou por mim enquanto eu pegava minha lancheira e nós fomos até a porta da escola juntas. A mãe dela estava acenando para ela na frente de um carrão azul.

Eu fiquei parada quando a Catie foi encontrar a mãe dela. Eu não sabia se a Catie queria que eu fosse também, mas ela acenou para mim e perguntou se eu queria ir até a casa dela depois da aula na quarta-feira para a gente fazer o trabalho.

A mãe dela sorriu para mim, abriu a janela do carro e disse:

– Vai ser muito legal se você vier, Pippa. É sempre bom conhecer as amigas da Catie.

Isso significa que eu já sou amiga da Catie? UAU!

Talvez a gente acabe virando melhores amigas e eu ajude na lista de turnos dela (eu sempre vou sentar perto dela, é claro!). E a gente vai poder falar no telefone o tempo todo e ela vai me achar mais legal que todas as outras amigas dela. Já posso imaginar...

O telefone toca:

MÃE: (gritando do andar de baixo) É a Catie no telefone, de novo, querendo falar com você.

EU: (correndo escada abaixo) Obrigada! (pegando o telefone) Oi, Catie!

CATIE: Vou dar uma festa! Todos estão convidados, mas eu queria que você fosse a convidada de honra.

EU: Uau, Catie! Obrigada! Eu vou adorar ser sua convidada de honra!

CATIE: Ótimo! Eu tenho muita sorte de ter você como melhor amiga do mundo inteiro.

☺ ☺ ☺ ☺

Mais tarde ainda

Minha mãe me falou que o meu pai encontrou um apartamento! Oba! Depois que ele foi embora, ele ficou na casa do tio Peter, mas agora ele vai ter o cantinho dele! Isso quer dizer que vou poder ficar com ele também. Eu gosto de morar com a minha mãe, mas não é justo com o meu pai se eu ficar com ela o tempo todo. Além do mais, eu sinto falta da comidinha do meu pai. Minha mãe tenta fazer o possível, mas ela não gosta tanto de cozinhar quanto o meu pai. A gente come Surpresa Gelada todos os dias desde que meu pai foi embora. (Surpresa Gelada é arroz ou macarrão com qualquer coisa que a minha mãe achar na geladeira. Ontem a gente comeu arroz e linguiça com *curry*. Hoje foi macarrão com queijo e beterraba. Eu peguei os ingredientes na geladeira enquanto minha mãe lavava tudo. Espero que ela faça compras amanhã porque na geladeira *só sobrou* iogurte e couve-flor.)

Depois do jantar, minha mãe parecia cansada, então eu tentei animá-la fazendo o meu melhor truque de mágica.

Eu peguei o controle remoto para fazê-lo desaparecer e depois reaparecer atrás da cabeça da minha mãe. Só que eu estava usando o meu suéter macio (que a minha vó tricotou para eu usar "até ficar mais velha"), então, quando empurrei o controle para dentro da manga, ele deslizou para cima e passou pela axila. Quando eu me inclinei para a frente para pegá-lo e balançá-lo atrás da cabeça da minha mãe, ele escorregou pelas minhas costas e caiu no chão. Parecia que eu tinha botado um ovo.

Minha mãe riu. E eu também. Eu gosto de fazer mágica, mas fico feliz por preferir cantar. Eu nunca fui muito boa com mágica. Cantar é bem mais divertido.

Quarta-feira

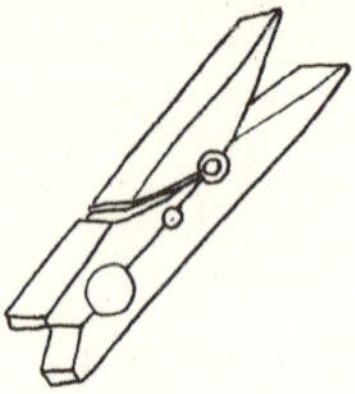

A professora Ellen, de Educação Física, disse para eu esperar no vestiário. Minha letra está meio torta porque é difícil equilibrar o diário no colo e tampar o nariz ao mesmo tempo. Se eu soltar (meu nariz), vou sufocar. Aqui tem um cheiro de chulé sufocante.

Eu esqueci o equipamento para a aula. Sem chance de eu usar um equipamento dos achados e perdidos, que nojo! Então eu disse para a professora Ellen que eu tinha machucado o pé (o que era quase verdade, porque eu bati o dedo na escada hoje de manhã e doeu HORRORES). Depois, a professora Ellen quis saber como eu tinha machucado o pé e eu achei que ela não ia considerar um dedo machucado como uma lesão de verdade (se bem que eu aposto que um atleta de verdade consideraria. Ninguém conseguiria ganhar as Olimpíadas com um machucado como o meu). Então, eu falei para ela que eu tinha caído da corda bamba enquanto praticava minhas habilidades circenses.

Eu sei!

QUE BESTEIRA!

Por que será que o circo foi a primeira coisa que surgiu na minha cabeça? Existem GRANDES desvantagens em se ter a minha imaginação.

Parecia que a professora não tinha acreditado em mim.

E a Mandy Harrison estava escutando. Ela disse "Habilidades circenses?" como se fosse algo impossível (aposto que eu poderia fazer aula de circo se eu quisesse).

Daí a Catie deu um passo para frente e disse:

– Meu primo faz aula de habilidades circenses à tarde no centro comunitário.

EU AMO VOCÊ, CATIE BROWN!

Eu balancei a cabeça como uma louca e a professora Ellen sorriu e disse para eu ficar no vestiário. Ela ia me matar se descobrisse que eu estava mentindo. Talvez um dia eu comece a fazer aulas de circo e machuque o pé caindo de uma corda bamba. E aí não vai ser mais uma mentira.

Ooops! Algo pesado acabou de cair no chão do ginásio. A Jane Harding deve ter caído do cavalo com alças de novo.

Não acredito que vou para a casa da Catie depois da aula. Também vou ficar para o jantar. A mãe dela ligou para a minha. Vamos comer comida de verdade! O risoto de iogurte e couve-flor da minha mãe não é a melhor coisa que eu já comi.

As comidas do meu pai que mais me dão saudade dele

Emaranhado de espaguete

Frango incendiado

Bomba de atum (meu pai diz que é a marca registrada dele. Ele até faz a assinatura dele com queijo)

Pinguiça e lurê (é como o meu pai chama linguiça e purê)

Carinhas de pizza (eu sempre escolho *pepperoni* para os olhos e um tomate grande para a boca)

Só tem um problema. A Catie quer escutar o meu teste de canto para o *Voice Factor*.

OK, vou confessar uma coisa, por isso, se você encontrar este diário e estiver bisbilhotando, é melhor PARAR POR AQUI, porque isto é ULTRACONFIDENCIAL.

Eu não sei cantar tão bem quanto a Tiffany J. Na verdade, eu nem sei cantar!

Ano passado, eu fui a única aluna <u>não autorizada</u> a entrar para o coral da escola. Eu falei para todos os alunos que eu estava descansando a voz para quando eu começasse as aulas de canto (o que eu com certeza vou fazer quando minha mãe puder pagar). Na verdade, foi porque o professor Thomas disse que eu era tão desafinada que distraía os outros cantores.

Ele me deixou como responsável pelo figurino da apresentação de fim de ano. Minha tarefa era vigiar o casaco colorido dos sonhos enquanto os outros dançavam animados.

Eu me recuso a falar com o professor Thomas agora. Acho que ele não *sabe* disso, mas eu sempre fico encarando quando ele passa. Eu ia arrasar agora se eu tivesse ficado um ano no coral. Em vez disso, eu só espanto os vizinhos. (*suspiros*)

Eu não quero espantar a Catie também. Vou ter que pensar em uma desculpa quando ela me pedir para cantar.

Desculpas para não cantar

1. Amidalite (a mãe da Catie pode me levar para a minha casa).

2. Estou poupando minha voz para o próximo teste (será que dá certo?).

3. Esqueci a letra (a Catie pode procurar a letra na internet).

4. Eu mordi a língua na hora do recreio e ela está tão inchada que eu não vou conseguir cantar direito (será que a Catie vai pedir para ver minha língua?).

5. Eu comi pimenta no jantar ontem e queimei as cordas vocais (com certeza, ela não ia conseguir ver minhas cordas vocais, e eu não tenho ideia de onde elas ficam).

6. O Steven Fowl me fez assinar um contrato prometendo não cantar para ninguém de fora do *Voice Factor* para eu não ser descoberta por outro produtor musical (isso seria tão legal).

Mais tarde

Eu não consigo acreditar no que aconteceu!

Quando a gente parou na frente da casa da Catie, eu estava muito nervosa, meu coração estava batendo tão forte quanto uma bateria de banda de rock. Eu me sentia como se estivesse indo tomar um chá na casa da rainha da Inglaterra. Para completar, quando entramos, reparei que a casa dela parecia uma dessas que a gente vê nos filmes. O gramado da frente era praticamente um carpete. A casa era perfeita, branca com uma porta dianteira azul brilhante.

A caixa de correio brilhava como ouro. E não tinha nenhuma pintura descascada em volta das janelas.

Por dentro, a casa era ainda mais parecida com uma casa cinematográfica.

Tinha um longo piso de madeira que se estendia por todos os lados. Ele brilhava tanto que achei que ia ver uma princesa da Disney dançando valsa no meio do caminho.

A mãe da Catie era muito fofa e sorridente, mas percebi que ela olhava impaciente para os meus sapatos enquanto eu andava pela casa. Eu pensei que ela tivesse medo de sapatos como a minha mãe tem medo de altura.

Então eu vi o chão lustrado e imaginei que ela tivesse medo de pegadas. A Catie já estava tirando os sapatos, então eu fiz o mesmo, daí a mãe da Catie agarrou meus sapatos no ar como se estivesse pegando um rato. Ela escondeu nossos sapatos na estante do corredor junto com as nossas mochilas da escola e a sala ficou arrumada de novo.

Nossa sala nunca está arrumada. Acho que a mãe da Catie desmaiaria se a visse. Deixamos botas, casacos e mochilas espalhados por toda parte (apesar de que agora existe um pouco mais de espaço, onde ficava a bicicleta do meu pai). Minha mãe costumava brincar dizendo que a nossa bagunça escondia as manchas do carpete.

ENFIM.

A mãe da Catie ofereceu suco e biscoitos para a gente. Eu pensei que poderíamos levar a comida para o quarto da Catie, mas tivemos que comer tudo na mesa da cozinha. A Catie falou baixinho que era "por causa das migalhas" e revirou os olhos quando a mãe dela não estava olhando.

A mãe dela deve ter pavor de pegadas e migalhas. (Ela com certeza desmaiaria na nossa casa.)

Assim que a gente terminou, a Catie me levou para o quarto dela. Era ENORME, do tamanho de uma quadra de basquete, e tinha um tapete cor-de-rosa e outro branco. E os tapetes eram tão macios! Eu tive que tirar as meias e ficar descalça para poder senti-los melhor.

Eu pulei de um tapete para o outro. Era como pular em um caminho de pedras de marshmallow.

Aí eu vi a Catie olhando para mim com os olhos arregalados de pânico, que nem a mãe dela.

Eu congelei. Será que era contra a lei tirar as meias na casa dela?

EU: Desculpe. Eu só queria sentir os tapetes.

CATIE: Sério?

EU: Eles são tão macios.

Eu ia colocar as meias, mas de repente a Catie sorriu e tirou as meias também.

CATIE: Você tem razão! Eles são tão macios! Parecem gatinhos.

EU: Eles são tão macios quanto a barriga de um coelho.

CATIE: Eles são tão macios quanto a parte de dentro da orelha de um cachorrinho.

EU: Eles são tão macios quanto musse de morango.

A gente dançou de um tapete para o outro até ficar sem fôlego, e depois a gente desabou na cama da Catie.

E então ela disse aquilo que eu tanto temia.

– Pippa, você canta a música do seu teste? Por favooooor!

Ela olhou para mim como um cãozinho desesperado.

Fiquei vermelha. Eu levantei, fui até a janela e olhei para fora. Eu não tinha como mentir para a Catie olhando nos olhos dela. Eu estava quase explicando aquela história do contrato que o Steven Fowl me fez assinar prometendo não cantar para NINGUÉM, quando vi um ladrão.

UM LADRÃO DE VERDADE.

Eu vi um homem grandão carregando um saco no jardim do vizinho. Ele ficava olhando para trás, para a casa, como se estivesse com medo, como se estivesse sendo observado.

Eu me escondi e acenei para a Catie: – Olhe!

Ela se aproximou de mim e olhou para fora.

CATIE: É o senhor Briggs. Ele mora na casa aqui do lado.

Eu espiei pela janela. Tinha uma cerca de madeira alta entre o jardim da Catie e a casa do vizinho. Através dela, eu conseguia ver o senhor Briggs levantando a tampa de uma caixa de areia em forma de tartaruga. Ele começou a raspar a areia para fazer um buraco no meio.

EU: Por que ele está enterrando um saco no jardim dele?

E então eu me lembrei de um episódio de *Espiões do Pedaço* em que um dos agentes secretos enterrou um monte de arquivos ultrassecretos num terreno. E se o senhor Briggs estivesse coletando segredos para governos estrangeiros e escondendo tudo no jardim?

Eu tinha que descobrir!

Eu saí correndo do quarto da Catie e desci a escada voando. A Catie estava bem atrás de mim. Quando a gente atravessou a sala, ela me guiou até a cozinha, passando pela despensa. Nós saímos descalças pela porta dos fundos e corremos pelo gramado.

A Catie deu risada:

– A grama faz cócegas!

Acho que ela nunca tinha andado descalça na grama.

Eu fiz um "Xiuuu!" para ela. O senhor Briggs estava do outro lado da cerca, ele não podia escutar a nossa voz.

Eu conseguia ouvi-lo cavando na areia.

Mas como a gente ia enxergar por cima da cerca?

Eu avistei uma macieira e apontei para os galhos.

– Vamos subir na árvore!

A Catie olhou para trás, para ver a casa.

– Subir? – ela disse, olhando para a saia do uniforme dela. – Eu vou me sujar. Minha mãe vai ficar brava.

– Você não vai se sujar! – eu a empurrei em direção à árvore.

A gente foi escalando os galhos mais baixos até que conseguimos espiar por cima da cerca do senhor Briggs.

Bem na hora!

O saco estava no buraco e o senhor Briggs estava cobrindo o buraco com areia.

Minha cabeça estava girando. O que eu deveria fazer?

Eu estava tão concentrada pensando, que minha mão escorregou e eu caí da árvore, direto no canteiro de flores do senhor Briggs. A Catie engasgou e olhou para mim com os olhos arregalados como uma coruja. O senhor Briggs se virou e me viu sentada no meio das flores. Então ele olhou para a Catie, que ainda estava com os olhos arregalados, e começou a rir.

Fiquei surpresa com a reação dele. Os agentes secretos do programa *Espiões do Pedaço* nunca riem.

Na hora, achei que ele estivesse disfarçando e fiquei em pé num pulo.

– O que o senhor está enterrando aí? – perguntei, tentando parecer calma e durona.

Ele não respondeu. Só fez um sinal para a Catie descer da árvore.

– Desça daí antes que a sua mãe veja – ele disse.

A Catie pulou e ele a pegou e a colocou no chão.

– O que vocês estão aprontando? – ele disse. Os olhos dele pareciam estar sorrindo.

Lancei um olhar ameaçador.

– O que o senhor está aprontando? – eu disse, séria, e encarei o saco semienterrado.

Ele riu de novo.

– O senhor trabalha para algum governo internacional? – insisti.

A Catie me olhou horrorizada, mas ele riu de novo:

– Estou escondendo presentes de aniversário! – e aí ele tirou o saco da areia. – Para o Harry.

Será que aquele era um nome em código para o chefe dele?

EU: Quem é Harry?

CATIE: O filho dele.

SENHOR BRIGGS: Toda vez que eu escondo os presentes de aniversário do Harry dentro de casa, ele os encontra. Por isso, pensei em escondê-los aqui fora. O Harry não brinca na caixa de areia dele desde que tinha 6 anos de idade.

EU: Por que eu deveria acreditar no senhor?

O senhor Briggs pegou a sacola.

EU: Cuidado!

Eu pulei e agarrei a Catie dando um gritinho. Eu tinha visto isso em *Espiões do Pedaço*. Ele ia sacar uma arma e atirar na gente! Eu *sabia*!

Mas ele não fez isso. Ele puxou uma bola de futebol. E depois uma caixa de robôs de montar.

Era verdade! Ele estava escondendo presentes! Eu fiquei vermelha de vergonha, encarando meus pés sujos.

– Vou pegar uma escada – ele disse, dando uma risadinha. – Vocês vão precisar de ajuda para pular a cerca.

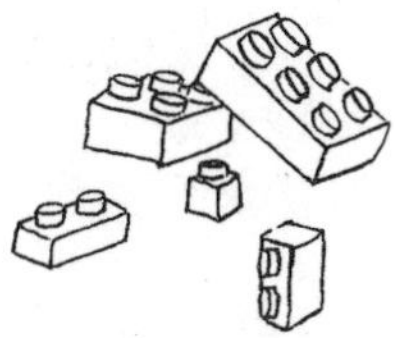

Ele colocou os presentes de volta no saco e foi até o enorme galpão do outro lado do gramado.

A Catie olhou para as roupas dela e eu senti uma pontada no estômago. A camisa dela estava suja de grama e tinha uns gravetos no cabelo dela. A mãe dela não gostava de pegadas nem migalhas, então era bem capaz que ela detestasse restos de grama e gravetos. E se a Catie se desse mal por minha causa?

Quando nós estávamos subindo a cerca pela escada do senhor Briggs, eu me senti mal. Depois de tudo, a Catie não ia mais querer ser minha amiga.

O senhor Briggs se despediu enquanto a gente voltava para o jardim da Catie pela macieira.

– Mil desculpas! – eu disse para a Catie.

A mãe dela estava olhando a gente pela janela da cozinha.

Eu pensei que eu fosse morrer quando a senhora Brown veio pela porta dos fundos usando um avental, parecendo uma nuvem de tempestade.

SENHORA BROWN: (franzindo a testa) Catie Brown! O que você estava fazendo? (olhando feio para a grama na camisa da Catie) Essa camisa estava limpa hoje de manhã!

CATIE: (olhando para os pés) Desculpe, mãe. A gente só estava brincando.

EU: (dando um passo para a frente) Desculpe, senhora Brown. A ideia de subir na árvore foi minha.

SENHORA BROWN: (com as sobrancelhas levantadas) Subir na árvore?

EU: Eu achei que o senhor Briggs fosse um espião.

A senhora Brown abriu a boca, mas não disse nenhuma palavra.

EU: Tudo bem, ele não é um espião. Ele só estava escondendo presentes. Prometo que nunca mais vou fazer a Catie sujar o uniforme dela. Eu aprendo direitinho com os meus erros.

(Isso é verdade. No ano passado, eu convenci a Rachel a ir ao parque. Quando a gente voltou, a mãe da Rachel estava toda pálida e tremendo, porque achou que a gente tinha sido sequestrada e estava a ponto de chamar a polícia. Nós perdemos a noção do tempo com uma brincadeira bem legal: cada vez que alguém passava com um cachorro e segurando um saquinho com cocô, a gente tinha que dizer "cocô" para fazer um ponto. A Rachel e eu brincávamos disso o tempo todo. Quando ela se mudou, o placar era:

Eu: 38 Rachel: 32

Qual será a pontuação dela agora? A minha é 45.

ENFIM.

A mãe da Rachel quase morreu de susto. Por isso, toda vez que eu saía com a Rachel, eu avisava a mãe dela antes.)

A senhora Brown ainda estava de boca aberta olhando para a gente, então eu disse, bem séria:

– Prometo que isso nunca mais vai acontecer.

Parece que isso fez as sobrancelhas dela voltarem para o lugar. Ela disse:

– Bom, acho que essa sujeira toda vai sair quando eu lavar.

Então, ela voltou para a cozinha. Aí eu olhei para a Catie.

Ela estava com os lábios comprimidos. Eu achei que ela estivesse muito brava comigo, mas ela deu um sorriso quando a mãe dela saiu.

– Foi divertido! – foi exatamente o que ela disse. – Fazia um TEMPÃO que eu não me divertia desse jeito!

E aí ela me abraçou!

Eu nem acredito!

Tenho uma amiga nova! ☺ ☺ ☺

Quinta-feira

☹ ☹ ☹

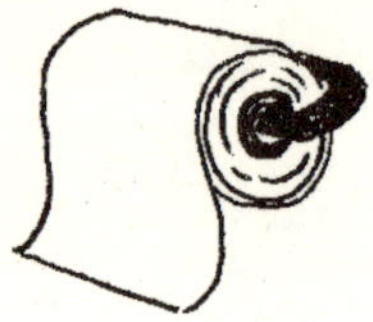

Péssimas notícias!

(Estou esmagada em uma cabine no banheiro feminino. Não é fácil escrever aqui. Meu cotovelo fica batendo na porta.)

O diretor da escola, o senhor Badger, acabou de anunciar em uma assembleia que a escola vai fazer um concurso de talentos beneficente SEMANA QUE VEM e todos podem participar.

Em uma situação normal, essa seria uma notícia boa. Eu ia poder ver a Matilda Sweet do sexto ano tentando cantar sem desafinar com a melhor amiga dela, a Jasmine. Eu já escutei gatos miando no jardim com um timbre melhor que o delas. (Elas cantaram *O Natal podia ser todo dia* na apresentação de Natal. Quando elas terminaram, todos ficaram contente porque o Natal *só* acontece uma vez por ano.) Alguns meninos do *sexto* ano sempre tentam *ser* uma grande "*boy band*". Os meninos do quarto ano são tão lindos quando cantam! (Na *assembleia* do último *semestre*, eles *se* vestiram de frutas para ensinar *sobre* as vitaminas. Um morango tropeçou e não conseguiu *se* levantar mais,

então as bananas tentaram ajudá-lo, mas uma delas também caiu e derrubou a laranja no palco. E todos continuaram cantando a Musiquinha das Vitaminas, mesmo com uma *salada* de frutas espalhada pelo palco.)

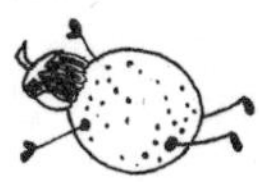

Mas nada está <u>normal</u> agora. Estou no meio da maior mentira que eu já contei. Se a minha fada madrinha aparecesse agora e me concedesse um zilhão de desejos, um concurso de talentos seria a <u>última</u> coisa que eu pediria. Por que não posso ter uma fada madrinha? Eu poderia desejar uma voz que nem a da Tiffany J e todos os meus problemas estariam resolvidos.

É claro, a Catie estava saltitando para lá e para cá enquanto a gente saía em fila da sala. Ela disse que eu TENHO que cantar a música que cantei no teste do *Voice Factor*. Ela disse que eu vou ganhar disparado.

Eu sorri meio sem graça para ela e desejei nunca ter inventado essa mentira boba. Por que a gente não consegue juntar dinheiro com uma caminhada beneficente como as outras escolas?

Eu não posso contar para a Catie que eu inventei toda essa história do teste. Ela vai me odiar. E ela começou a gostar de mim agora! Ela é o mais próximo que eu tenho de uma melhor amiga no momento. Se a Catie deixar de ser minha amiga, eu vou ser a garota mais sozinha da escola, de novo.

Eu não posso cantar na frente de todos os alunos. Eles vão pensar que eu engoli um gato.

Meu rosto está ficando vermelho só de pensar nisso.

Tenho que ir. A Louise Hawkins está batendo na porta da cabine.

Antes do jantar

Estou no apartamento novo do meu pai. É demais! Tem DOIS banheiros, uma varanda na sala de estar e um jardim bem legal lá embaixo. Eu só vou ficar para jantar hoje, porque meu pai tem que levantar cedo amanhã e ir trabalhar. Pelo menos, vou poder dormir aqui no fim de semana. Mal posso esperar! ☺

Estou tão feliz que o meu pai tem o cantinho dele. A casa do tio Peter sempre foi meio bagunçada (a minha mãe diz que é uma "bomba prestes a explodir"), por isso meu pai me levava para passear quando eu ia para a casa dele (agora eu sei como a Mandy Harrison se sente. Ela só encontra o pai dela na lanchonete onde ele trabalha. Ela diz que a mãe dela o chama de "Senhor das Fritas").

Mas agora eu e meu pai podemos ficar juntos em casa como a gente fazia antes. A casa está um pouquinho vazia ainda e é estranho porque não tem nada nos armários e nas gavetas. Em casa, eu tenho medo de abrir qualquer coisa porque lá as coisas caem o tempo todo. Minha mãe fica prometendo "uma faxina geral", mas ela nunca faz. Acho que ela também deveria se mudar para um apartamento.

Meu pai está fazendo Bomba de atum e eu estou me acomodando no quarto novo. "Estou me acomodando" quer dizer colocando o Bobsy na minha cama (o que levou cerca de três segundos), então sobrou tempo para escrever no meu diário. Estou sentindo o cheiro do queijo derretendo, então acho melhor eu me apressar, porque meu pai vai me chamar em um minuto e eu preciso muito, muito mesmo, escrever o que aconteceu na hora do recreio.

Eu nem acredito! As gêmeas me convidaram para uma festa do pijama na casa delas amanhã! (Quando comecei a andar com a Catie, também passei a andar com a Julie e a Jennifer. Pensando bem, elas não são tão chatas assim. Elas não gostam só de coisas que começam com J – elas gostam de tudo: gatos, patins, hamsters, *Espiões do Pedaço* e salgadinho sabor camarão. Elas devem ser videntes. Ficam terminando as falas uma da outra como se conseguissem ler pensamentos.)

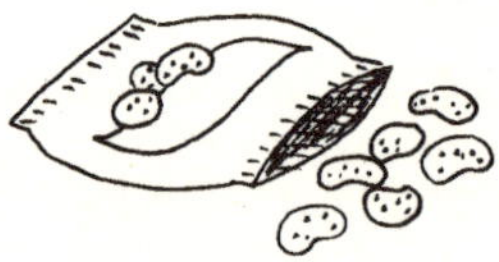

Então, fiquei muito feliz quando elas me convidaram. Eu sabia que a Catie ia, mas nunca poderia imaginar que elas me incluiriam nessa. Quando elas me chamaram, eu quase engasguei com o iogurte de tão empolgada. Eu pensei que eu nunca mais iria a uma festa do pijama depois que a Rachel foi embora. Quando eu chegar em casa, vou ligar para ela e contar tudo. Eu fico imaginando se a Rachel já tem novos amigos. Espero que sim. Ficar sozinho não é nada legal.

Meu pai apareceu na porta e me disse que tinha esquecido o ketchup. Ele desligou o forno e foi comprar. Ele vai voltar em dez minutos, ou seja, eu tenho o apartamento inteiro só para mim. Eu vou fazer o que mais gosto: colocar o fone de ouvido e escutar meu CD novo da Tiffany J. Vou ver se consigo fazer alguns passos da dança de *Viver é D+*, que é a MELHOR música do CD!

É difícil escrever com a cabeça debaixo do travesseiro, mas eu nem ligo. Vou ficar aqui para sempre.

Estou com TANTA VERGONHA.

Eu estava com o fone de ouvido, tentando fazer a melhor dança de todos os tempos (pulando da cama e rodando, girando o calcanhar, chutando o ar). Eu já estava quase sem ar depois de repetir umas vinte vezes, então parei para fazer o passo do último verso. Eu nem percebi que eu estava cantando.

Com certeza, eu não sabia que eu estava cantando TÃO ALTO.

Então eu ouvi um barulho através do fone. Tinha alguém atrás de mim! Eu gritei e quase caí para trás. Pensei que fosse um assaltante, mas, quando virei, meu pai estava em pé na porta, pálido e acompanhado por um estranho que espreitava por cima do ombro dele. Eles ficaram olhando para mim como se eu estivesse pegando fogo.

Eu tirei o fone de ouvido.

EU: Qual é o problema?

MEU PAI: Nós pensamos que você estivesse morrendo.

DESCONHECIDO: Eu estava quase chamando a polícia quando o seu pai chegou em casa.

MEU PAI: O senhor Eckington mora aqui do lado. (meu pai apontou para o desconhecido) Ele escutou você pela parede.

SENHOR ECKINGTON: Achei que você estivesse sendo atacada por gatos.

EU: Eu só estava cantando.

MEU PAI: (olhando para o senhor E) Desculpe o incômodo. A Pippa não costuma fazer esse tipo de coisa.

SENHOR E: Bom, é um alívio.

EU: (tão vermelha que nem conseguia falar)

MEU PAI: (dando um sorriso amarelo para o senhor E) Talvez eu possa levá-la para fazer aulas de canto.

SENHOR E: (com um sorriso compreensivo) É uma *boa* ideia. Ela parece mesmo... (ele parou e pensou em uma palavra) entusiasmada.

ENTUSIASMADA?

Quando o Steven Fowl diz que um candidato do *Voice Factor* está "entusiasmado", é um código para péssimo.

Eu vou ficar debaixo do travesseiro a noite inteira. Nunca mais vou mostrar meu rosto.

ATACADA POR GATOS!!!

O que vou fazer? A Catie ainda vai me ouvir cantando, mesmo que seja só na assembleia do final do semestre. Aí ela vai saber que eu sou uma tonta e que eu menti sobre o teste. Eu queria poder contar a verdade, mas ela não seria mais minha amiga se eu fizesse isso. Vou ficar sozinha para sempre.

Eu queria ser a Tiffany J. Eu não teria nem que ir para a escola. Eu estaria no Parque Central gravando um videoclipe novo nas corredeiras. Eu estaria voando pelos tobogãs aquáticos, rodeada por câmeras, dublando o meu novo sucesso e caindo em uma enorme piscina de água cristalina.

A música estaria tocando e todos estariam assistindo e pensando em como eu sou legal. Minha estilista estaria me esperando na borda e eu nadaria até ela para retocar a maquiagem para a próxima cena. Haveria uma arara inteira de roupas para eu escolher o que usar no número de dança ao lado da piscina.

Meu coreógrafo estaria ensaiando uma nova dança que todos iam querer imitar assim que vissem.

Por que eu não posso ser a Tiffany J? Por que tenho que ser a Pippa Morgan? A vida dela é bem melhor.

Minha vida é A PIOR DE TODAS.

Sexta-feira

Agora está PIOR QUE A PIOR DE TODAS!

Hoje de manhã, a Catie colocou meu nome na lista de inscrição do concurso de talentos!

Ahhhhhhhhh!

Ela estava tão feliz quando me contou, parecia que ela tinha me dado um presente. E eu tive que fingir que estava feliz, para ela pensar que eu sabia cantar. Ela não pode saber que eu menti sobre o *Voice Factor*, senão ela vai deixar de ser minha amiga. E isso seria TERRÍVEL. Ela é tão legal e eu fico feliz quando eu a faço rir.

Isso me lembra que é melhor eu sorrir para a professora Gould e parecer um pouquinho interessada.

O professor Bacon foi fazer um treinamento, por isso a professora Gould está no lugar dele, ensinando sobre os Tudor. Nós estamos com o caderno de exercícios em cima da carteira, então é fácil fingir que meu diário é um bloco de notas. Eu só tenho que olhar para cima de vez em quando para que a professora pense que eu estou escutando.

A professora adora o Henrique VIII. Eu acho que ela queria ser uma das esposas dele (não uma das que foram decapitadas). Do jeito que ela está falando da Catarina de Aragão, acho que ela pensa que poderia ter feito um trabalho bem melhor que a senhora VIII.

Eu não sei por que alguém ia querer se casar com o Henrique VIII, se bem que não deve ser tão horrível quanto estar inscrita no concurso de talentos da escola sem saber cantar.

O que eu vou fazer? Se eu não cantar, a Catie vai descobrir, e se eu cantar, todos vão descobrir!

Ontem, meu pai conseguiu me convencer a sair de baixo do travesseiro para comer uma Bomba de atum. Ele disse que não tinha problema se eu não conseguisse cantar como a Tiffany J e que eu era boa em muitas outras coisas. Como por exemplo soletrar.

Ah, que ótimo.

Quando o Steven Fowl sair do *Voice Factor* para apresentar o *Soletra Factor*, eu vou me dar bem. Eu imagino a plateia subindo nas cadeiras, gritando de tanta empolgação, enquanto eu soletro ALGORITMO.

Ele disse que eu poderia fazer aula de canto se eu quisesse mesmo, e isso foi meigo. Mas nem as melhores aulas do mundo me ensinariam a cantar até a próxima sexta-feira.

Deve ter ALGUM jeito de cair fora desse concurso de talentos. Será que algum aluno tem amidalite? Eu podia ficar perto dele na hora do recreio torcendo para ele tossir em cima de mim.

(O Henrique VIII executou a Ana Bolena. Que CRUEL! Pelo menos minha mãe e meu pai conseguiram se separar sem ninguém arrancar a cabeça de ninguém.)

Se eu não conseguir achar alguém que tussa em mim no recreio, talvez eu consiga pegar uma gripe se eu deixar a janela do quarto aberta de madrugada. Eu sei que ainda é setembro e que à noite faz calor, mas todo ano a minha vó reclama da friagem que ela sente nos ossos. Talvez eu pegue uma baita de uma friagem antes do concurso de talentos. Eu posso até imaginar a explicação que eu daria para a Catie:

"Eu não consigo ficar no palco. Estou com os ossos frios". Será que é por isso que a vó usa bengala? Será que os ossos dela estão moles?

O Darren falou para a professora que, se ele fosse rei, ele nunca se casaria. Ele disse:

– Para que ter uma mulher quando se tem um monte de criados?

A professora começou a encarar o Darren.

Ops, agora ela está me encarando.

Eu tive que fechar meu diário. ☹ A professora disse para eu parar de rabiscar. Será que ela não percebe que este diário um dia poderá valer <u>uma fortuna</u>? Eu posso até imaginar o leilão em Londres: "um milhão de libras, dois milhões de libras, três milhões de libras, dou-lhe uma, dou-lhe duas, dou-lhe três! Vendido!" Quanto

será que vale o diário da Tiffany J? Eu daria tudo para ler as coisas que ela escreveu quando era apenas uma menina comum na escola. Aposto que naquela época ela já tinha grandes sonhos. Ela é tão inspiradora! Eu também vou ser inspiradora quando eu ficar famosa.

Nossa, o sinal tocou! Consegui escrever isso antes de ir para a fila do recreio (torcendo para ter alguém tossindo por perto)! A Catie acabou de me dizer que a Julie e a Jennifer planejaram algo MUITO especial para a festa do pijama delas. Eu mal posso esperar! Obaaaa!

Sexta-feira (meia-noite)

Estou na casa das gêmeas, mas não consigo dormir.

Por quê? Porque esta é a festa do pijama mais CONSTRANGEDORA de todos os tempos!

Estou enrolada no fundo do meu saco de dormir usando o celular como lanterna enquanto escrevo. Também estou comendo uma barrinha de cereal. Há migalhas por toda parte (ainda bem que a senhora Brown não está aqui comigo).

As gêmeas estão dormindo. Dá para ouvir os pais delas roncando pelo corredor. O saco de dormir da Catie está no chão do lado do meu. Ela está dormindo e dando umas risadinhas.

Ela deve estar se lembrando da cara do senhor Johnson quando ele finalmente conseguiu...

Espere! Vou começar do começo.

A mãe da Julie e da Jennifer levou a gente para casa depois da aula. Ela é muito legal. Ela tem aquela carinha sorridente que nem aquelas mães de comerciais de televisão, embora ela não seja magrinha como uma mãe de comercial e use menos maquiagem. Ela comprou maçãs para a gente comer no caminho se estivesse com fome (eu estava com fome. Hoje era dia de frango agridoce na escola. Eu acho que o frango deve ter dissolvido, porque eu não consegui encontrar frango no meu prato e o molho estava tão vermelho e pegajoso que parecia que tinha sido tirado do cenário do programa *Sala de Emergência*. O cozinheiro da escola deve ter aprendido a cozinhar no mesmo lugar que a minha mãe).

A casa da Julie e da Jennifer é mais parecida com a minha que a da Catie e eu estava aliviada que a gente tinha que passar por cima de sapatos e mochilas para chegar até a escada.

As gêmeas dividem o quarto. Por que fiquei surpresa quando vi as duas camas iguais? Deve ser divertido dividir o quarto com a irmã, é tipo fazer uma festa do pijama toda noite. O mais estranho era que a parte da Julie era muito organizada e a da Jennifer era uma bagunça só. Sentamos na parte da Julie e as gêmeas contaram *sobre* a surpresa especial que elas tinham planejado.

JULIE: Adivinha o que a gente vai fazer depois do jantar?

EU: Arrumar as coisas da Jennifer?

JENNIFER: Ha ha. (sem rir)

JULIE: Xiu! Estou tentando contar *sobre* a surpresa.

Então a Julie foi para o outro canto do quarto e puxou um lenço de um montinho na mesa dela. Embaixo, havia um CD player grande e cor-de-rosa.

A Catie ficou encantada. A Jenny começou a sorrir tão radiante quanto a Julie.

Eu fiquei olhando para o CD player, tentando forçar um sorriso. Perto dele, tinha um microfone grande e cor-de-rosa.

Karaoke!

NÃÃÃÃÃOOO!!!

A Catie deu um pulo e começou a implorar para brincar, mas a Julie disse que o irmão dela ainda estava dormindo porque, esta semana, ele está trabalhando no turno da noite. Mas ele ia levantar depois jantar, aí a gente ia poder cantar depois.

Eu ainda estava olhando para o CD player. Um sentimento de pânico foi tomando conta de mim e me paralisou. O que eu ia fazer? Quando a Catie ouvisse minha voz horrível, ela ia <u>sacar tudo.</u>

EU NÃO SEI CANTAR!!!

Minha cabeça começou a girar de novo em torno da minha lista de desculpas. Será que a Catie e as gêmeas acreditariam que o Steven Fowl me fez assinar um contrato prometendo não cantar para ninguém de fora do *Voice Factor* para eu não ser descoberta por outro produtor musical?

Não! Não tinha nenhum produtor musical aqui.

A menos que o irmão das gêmeas fosse um.

Uma ponta de esperança passou por mim.

EU: (cruzando os dedos) Onde o seu irmão trabalha?

JULIE: (olhando para mim como se eu tivesse perguntado se ela tinha um elefante de estimação) Por que você quer *saber*?

CATIE: (apertando meu braço) *Você* não está empolgada com o *karaoke*? Finalmente vou poder ouvir você cantar! *Vai ser* TÃO legal. Só espero que você não ache que eu *sou* péssima.

EU: (meu *estômago* deu um nó tão apertado que nem um escoteiro conseguiria desfazer) Eu não acho que você *seja* péssima (mas *se* eu cantar, você vai pensar que eu estou sendo atacada por *gatos*).

Eu olhei para a Julie de novo e perguntei:

– Por *acaso, seu* irmão é um produtor musical?

– Produtor musical? – a Julie franziu a testa. – Ele trabalha no hospital.

– Ah – eu disse, olhando para a máquina de *karaoke*. – Eu só estava imaginando.

No jantar, eu tentei comer a comida bem devagar. Qualquer coisa para atrasar o *karaoke*. Enquanto eu empurrava as ervilhas para as beiradas do prato, a senhora J ficou olhando para mim com olhar de preocupação, perguntando se eu estava me sentindo bem.

A Catie me pegou pelo braço e cochichou:

– Você não gosta de filé de peixe?

– É que não estou com fome – eu respondi.

Eu queria que os filezinhos de peixe estivessem quentes o suficiente para queimar minha garganta, mas a gente demorou tanto para descer a escada que eles já estavam quase frios.

Quando a senhora J começou a limpar os pratos, ela colocou uma barra de cereal na minha mão: – Tome. Caso você fique com fome mais tarde – ela sussurrou. A Catie, a Julie e a Jennifer já estavam subindo a escada, muito animadas. Eu as segui, meu coração estava martelando como se alguém estivesse fazendo uma reforma no meu peito.

– Você vai primeiro, Pippa! – disse a Catie, segurando o microfone. Entrei no quarto e de repente senti o que a Ana Bolena deve ter sentido durante a decapitação. Imaginei o carrasco segurando o machado e perguntando se eu queria arrancar a minha cabeça.

– Não, pode ir primeiro – eu disse, tentando parecer generosa.

– Certo – ela encolheu os ombros.

A Catie tem a voz *suave*. Ela *estava nervosa* e ficava olhando para mim enquanto cantava, como *se estivesse* cantando para a rainha da Inglaterra. Quando eu aplaudi no final e disse para ela que ela tinha uma voz linda, ela ficou vermelha. As gêmeas imploraram para que ela cantasse *outra* música e eu fiquei TÃO aliviada! Então elas fizeram um dueto. Elas conseguem

fazer uma bela harmonia. Parece que todos sabem cantar, menos eu. Eu devo ter sido amaldiçoada por uma bruxa malvada quando nasci. É a única explicação possível. Enquanto as gêmeas cantavam, não parei de pensar que a minha vez estava chegando. Quando elas começaram a entoar as últimas notas, eu falei baixinho para a Catie que eu tinha que ir ao banheiro e saí correndo.

Assim que me tranquei no banheiro, comecei a suar. Como é que eu ia sair dali e cantar? Pensei em fingir que eu estava doente e pedir para a senhora J ligar para a minha mãe. Mas aí eu teria que fingir que estava doente o fim de semana inteiro. E eu ia perder a festa do pijama. E elas poderiam nunca mais me convidar.

Eu não sei quanto tempo fazia que eu estava escondida quando a Catie parou perto da porta. Ela disse: – Está tudo bem?

Eu falei a primeira coisa que me veio à cabeça: – Estou presa!

– Presa? – a Catie parecia preocupada.

– Não consigo abrir a porta.

Eu olhei para o trinco velho na porta. Parecia o tipo de parafuso que ficaria preso, embora eu não me lembre se ele estava firme quando tranquei a porta.

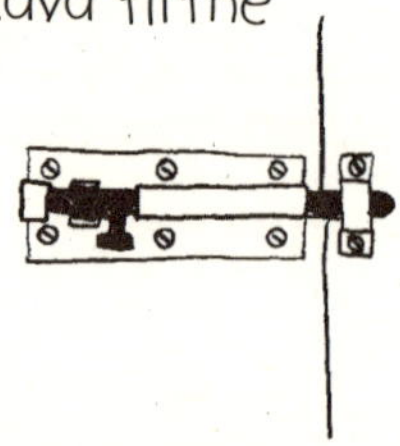

– Vou avisar as gêmeas!

E lá foi a Catie, com pressa.

Eu me senti aliviada por uns cinco segundos. Eu não ia poder ficar no banheiro a noite toda, né? Olhei para a banheira e pensei se aquele seria um lugar confortável para dormir. Tampei o ralo, por via das dúvidas, para impedir que alguma aranha subisse.

E então eu ouvi muitos passos no corredor.

Uma voz grave me chamou do outro lado da porta e disse:

– Eu sou o Jeff, o pai das gêmeas. Você já tentou chacoalhar o trinco?

Estendi a mão e fingi mexer nele.

– Sim, mas está muito duro.

– Não se preocupe, Pippa – a senhora J me chamou. – Vamos tirar você daí.

– Eu não ligo de dormir aqui – eu disse, o que era uma meia verdade.

– Não seja boba – a senhora J me disse baixinho. – Você não precisa dormir aí. O Jeff vai subir pela janela e abrir a porta para você, OK?

Eu fiquei olhando para a janela: – Mas é muito alto! Como ele vai chegar até o primeiro andar?

– Ele está pegando a escada lá na garagem – a senhora J falou.

Eu escutei a voz da Catie também:

– Calma, Pippa. Em um minuto você sai daí.

Eu podia ouvir o som do metal pela janela.

Era terrível! Se o pai das meninas subisse pela janela, ele ia ver que o trinco não estava emperrado, ia descobrir que eu não estava presa e ia sacar que eu estava mentindo, e daí eu ia ter que cantar e a Catie ia saber que eu estava mentindo.

EU NUNCA MAIS VOU MENTIR.

Naquela hora, eu já estava me sentindo enjoada e com calor. Sentei na beira da banheira e ouvi a escada rangendo do lado de fora. Então eu vi um vulto e alguém bateu na janela:

– Abra, Pippa.

Eu segurei o trinco e abri devagar.

O senhor J se segurou no parapeito e abriu a janela. Depois, sorriu para mim do lado de fora e disse, cantando:

– Querida, o que será que aconteceu?

Eu não ri. Eu estava muito ocupada imaginando por que até o senhor J cantava melhor que eu.

– Tudo bem, Pippa. Vou entrar aí – ele disse.

Então, o senhor J começou a entrar pela janela. Ele não é um homem pequeno. Eu já falei que a senhora J não é magra? Então, ele é <u>menos</u> magro ainda e, quando ele estava entrando, o batente da janela pressionou a barriga dele e ele começou a suar. O rosto dele ficou da cor da cortina da minha casa (minha mãe chama essa cor de "malva", mas para mim é roxo).

– Hum, Pippa – o senhor J parecia ofegante. Ele parou de se mexer. – Acho que estou preso aqui.

Eu olhei para ele. Depois, olhei para a porta, que deveria estar trancada. Eu estava totalmente presa.

– Senhora Johnson? – eu chamei através da porta.

– O Jeff já está aí? – ela perguntou.

– Ele está preso – expliquei.

– Preso? – ela disse (por que as pessoas sempre repetem essa palavra?).

O senhor J gritou atrás de mim:

– Estou entalado aqui!

– Eu falei para você não exagerar na comida! – a senhora J retrucou.

– Você que me serviu! – ele gritou.

– Eu só estava sendo educada – ela começou a ficar sem paciência.

Eu encostei na parede, sentindo que estava prestes a presenciar uma discussão em família. Mas o senhor J mudou de assunto:

– É melhor chamar os bombeiros.

A maioria das pessoas deve achar emocionante ouvir o carro de bombeiros passar pela rua com a sirene alta e parar do lado de fora. E eu acho que <u>seria</u> interessante se um bombeiro bem grande surgisse por trás do senhor J para tirá-lo da janela como se estivesse tirando a rolha de uma garrafa de vinho.

Mas eu estava mais preocupada com a porta e com o que as pessoas iam dizer quando descobrissem que eu tinha mentido. Eu fiz uma lista na minha cabeça pensando em quem ficaria mais bravo.

Pessoas bravas com a Pippa

Senhor J: porque ele teve que ser resgatado por um bombeiro igual a um gatinho numa árvore.

Senhora J: porque ela desperdiçou metade da noite resgatando a mim e ao marido, sem necessidade.

Catie: porque ela descobriu que eu sou uma mentirosa.

As gêmeas: porque eu estraguei a festa do pijama especial que tinha até *karaoke*.

Minha mãe: preciso explicar o porquê?

Então, imagine minha surpresa e meu alívio quando o bombeiro (depois de tirar o senhor J da janela e colocá-lo no chão) entrou, foi até a porta e abriu o trinco COM A MAIOR FORÇA.

– Estava emperrado, não é? – ele disse. Ele me tirou dali, depois deu uma risadinha cordial para o senhor J e passou a mão na minha cabeça.

– Todos sãos e salvos. Eu colocaria um pouco de óleo no trinco. Ou trocaria por um novo.

O senhor J me abraçou: – Você está bem, Pippa?

Eu estava vermelha de vergonha enquanto a Catie e as gêmeas saltitavam ao meu redor.

CATIE: Você ficou com medo?

JULIE: Você é TÃO corajosa!

JENNIFER: Posso usar o banheiro agora?

A senhora J e o bombeiro desceram a escada e a Jenny correu para dentro do banheiro. A Catie e a Julie me arrastaram até o quarto da frente para que a gente pudesse ver o carro de bombeiros. Os vizinhos estavam todos lá fora, parados embaixo dos postes e enrolados em roupões enquanto viam os bombeiros indo embora. O senhor J estava conversando com o vizinho do lado e a senhora J acenava para o bombeiro.

De repente, percebi que já devia ser tarde.

– Que horas são? – perguntei.

A Jenny apareceu na porta.

– Dez horas.

– Não! – a Julie parecia chateada. – A gente não vai mais poder brincar de *karaoke*. Minha mãe disse que a gente tem que parar antes das nove e meia para não incomodar os vizinhos.

Eu olhei pela janela e vi que os vizinhos voltavam para casa devagar, dando uma última espiada antes de desaparecerem: – Eu acho que a gente deveria fazer o mesmo.

Então, escutei os passos da senhora J, que subia a escada: – Venham, meninas! Foi uma noite emocionante, mas está na hora de ir para a cama.

Eu olhei para a Catie, me sentindo culpada.

– Desculpe.

– Pelo quê? – ela deu uma piscadinha para mim.

– Por ter estragado a noite.

– Estragado? – a Catie explodiu em uma gargalhada. – Graças a você, essa foi a festa do pijama mais irada DE TODOS OS TEMPOS!

A Julie e a Jenny também começaram a rir.

– Como é que o meu pai estava quando o bombeiro tirou ele da janela? – a Julie gritou.

– Aposto que ele estava parecendo o nosso coelho quando fica preso na portinha do gato – a Jenny disse, gargalhando.

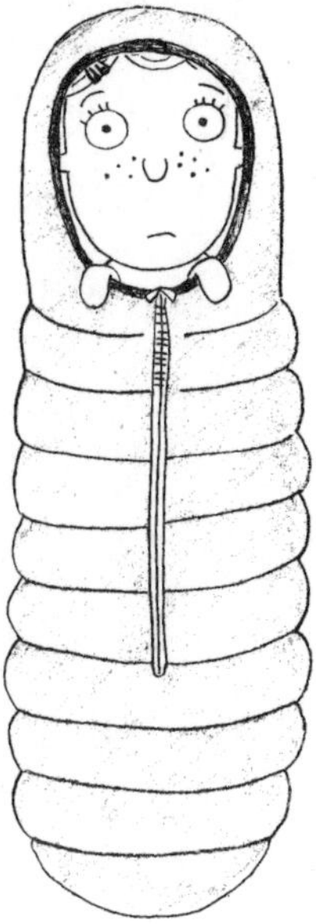

Eu fingi dar risada também, mas por dentro eu estava me sentindo péssima. O que elas iam dizer se soubessem que eu tinha inventado toda a situação?

Mentir é MUITO estressante. Eu vou TER que falar para a Catie que eu não sei cantar.

Domingo à noite

Ontem foi a primeira vez que passei a noite no Cantinho do Papai (é assim que eu chamo o apartamento do meu pai. Adivinhe o nome da casa da minha mãe!). Era muito estranho, porque eu estava no meu quarto, mas na verdade não estava no meu quarto. É como se eu tivesse me dividido em duas, depois de uma experiência de algum cientista maluco. Fiquei pensando se tinha outra Pippa Morgan na minha cama na casa da minha mãe enquanto eu estava sentada na minha cama no Cantinho do Papai.

Para deixar o Cantinho do Papai mais parecido com a minha outra casa, coloquei dois pôsteres da Tiffany J: um no meu quarto, outro na sala (que na verdade é uma mistura de cozinha e sala de estar. Até que é divertido). Meu pai disse que era melhor deixar os dois no meu quarto, porque às vezes ele traz os amigos dele e não é legal ser fã da Tiffany J aos 40 anos.

Não é MUITO fofo? Meu pai estava tentando ser legal. Ele não faz a menor ideia de que é impossível ser legal aos 40 anos.

Eu disse que a Tiffany J poderia ajudá-lo a parecer mais legal, mas meu pai me disse para colocar os pôsteres no meu quarto do mesmo jeito.

Então eu coloquei um em cima da minha cama e o outro em cima da minha escrivaninha (meu pai comprou especialmente para eu fazer minha lição de casa quando eu começasse a ficar mais tempo aqui).

MEU PAI FEZ CARINHAS DE PIZZA!!! ☺☺☺

A minha tinha SETE acompanhamentos:

Pepperoni (olhos e nariz)

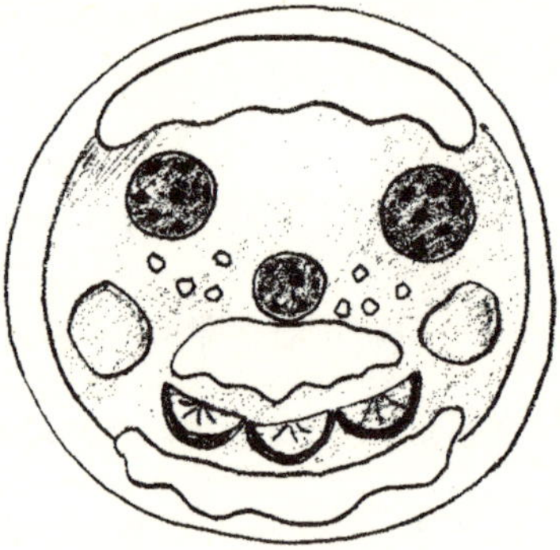

Tomate (sorriso)

Queijo (cabelo)

Queijo (barba)

Mais queijo (bigode)

Presunto (bochechas)

Milho verde (sardas)

Meu pai fez até pão de alho. E a gente viu um filme. Na hora de dormir, ele disse que eu podia deixar a luz acesa e ler o quanto eu quisesse, porque não ia ter aula no dia seguinte. Minha mãe sempre me faz apagar a luz às nove horas, até no *sábado*!

Com certeza, ter duas casas vai ser muito legal.

Só teve uma hora que não foi tão divertida.

Eu estava no banheiro escovando os dentes e senti cócegas na perna. Achei que fosse um cabelo que tinha caído ou algum pelo do meu roupão. Foi aí que olhei para baixo e vi que era uma ARANHA.

NA MINHA PERNA!

UMA ARANHA <u>ENORME</u>!

É claro que eu gritei e o meu pai veio correndo e começou a gritar também (ele também não é muito fã de aranhas). Ele começou a *bater* na aranha com uma toalha enquanto ela grudava na minha perna como *se* quisesse me agarrar até me matar. Por fim, ele conseguiu espantá-la e ela *se* escondeu atrás do vaso sanitário.

Meu pai prometeu que encontraria a aranha e a colocaria para fora antes que eu viesse dormir aqui de novo, mas como posso ter certeza disso? Eu posso imaginá-la *se* esgueirando atrás do vaso, esfregando as patas dianteiras uma na outra e planejando o próximo ataque.

É muito difícil decidir qual casa é a minha preferida. Eu gosto de ficar na casa do meu pai, mas eu me sinto mal de deixar minha mãe sozinha. Por outro lado, eu me sinto mais em casa na casa da minha mãe, e eu fico com dó do meu pai por eu não me sentir assim no apartamento dele. É TÃO confuso! Quando os pais de uma criança se separam, os sentimentos dela também ficam divididos: eu tenho dois sentimentos sobre tudo! Às vezes, parece que meu cérebro vai pegar fogo!

Cantinho do Papai x Cantinho da Mamãe

	Cantinho da Mamãe	Cantinho do Papai
Luzes acesas depois das 21h	☹☹	☺☺
Carinhas de pizza	☹	☺☺☺
Ataques de aranha	☺☺☺☺☺	☹☹☹☹☹☹
Eu me sinto em casa	☺☺☺☺	☹
Comer vendo televisão	☹☹	☺☺☺
Um banheiro só meu	☹	☺☺
Ficar com a mamãe	☺☺☺	☹☹☹☹
Ficar com o papai	☹☹☹☹	☺☺☺
Total	☹ = 10 ☺ = 12	☹ = 11 ☺ = 13

ENFIM.

Quando meu pai me deixou na casa da minha mãe hoje de manhã, minha mãe tinha ótimas notícias. A Catie tinha ligado e queria vir aqui para que eu a ajudasse a ensaiar a dança para o concurso de talentos.

A Catie queria vir aqui em casa!

Quando ela chegou, acho que ela nem reparou que o nosso jardim não tinha carpetes de gramados e as nossas flores não tinham o brilho digno de uma princesa. Eu mostrei os meus DVDs da Tiffany J para ela, nós pegamos as melhores danças da Tiffany e começamos a ensaiar uma dança bem legal para a Catie. Ela vai arrasar no concurso de talentos!

Então eu tive uma ideia brilhante. A Catie tinha visto o meu pôster da Tiffany J (aquele do camelo) e ela adorou tanto que eu perguntei *se* ela queria que eu fizesse uma transformação nela para ela ficar parecida com a Tiffany. A minha mãe me emprestou a maquiagem e alguns *bobes* de cabelo e eu encontrei uns lenços esvoaçantes no fundo da gaveta dela.

Eu não sou muito boa em fazer maquiagem. Eu já tentei algumas vezes, mas o delineador e a máscara para cílios mancham muito fácil e parece que o batom quer sair por todos os lados. O blush também é difícil. É para passar por cima das bochechas ou embaixo delas? Eu decidi tentar os dois.

O problema era que a Catie não parava de se mexer e rir quando eu fui passar o lápis de olho nela. E rir enquanto alguém está tentando passar batom na gente também não é uma boa ideia.

Será que a maquiadora da Tiffany J tem que se sentar no colo dela na hora de passar o lápis labial?

Enfim, terminei. Consegui fazer alguns cachos no cabelo da Catie sem queimá-la (mas o cabelo dela estava com cheiro de queimado quando eu terminei).

Eu tinha acabado de prender os lenços esvoaçantes na roupa da Catie quando a mãe dela chegou. A Catie estava muito empolgada para mostrar o novo visual para a mãe dela.

– Eu vivo tentando convencer minha mãe a me deixar usar maquiagem. Ela vai ver como estou bonita e vai TER que deixar! – a Catie disse e depois desceu a escada correndo.

Acho que eu devia ter falado para ela se olhar no espelho.

Ela não estava <u>tão</u> parecida com a Tiffany J.

Quando eu desci a escada, minha mãe e a senhora Brown estavam olhando para a Catie como se ela tivesse sido substituída por um alienígena de olhos grandes.

SENHORA BROWN: (ficando pálida) O que você fez com seu rosto?

CATIE: (toda contente) A Pippa fez uma transformação em mim!

EU: (tentando me desculpar) A gente só estava tentando criar um novo visual.

MINHA MÃE: (antes que a senhora Brown pudesse dizer alguma coisa) Para o Dia das Bruxas, né, Pippa? (olhando para mim com aquele olhar de "é melhor você concordar comigo agora") Elas queriam um visual assustador para pedirem doces aos vizinhos.

SENHORA BROWN: (aliviada) Ah, entendi. Está assustador mesmo, Catie.

CATIE: (confusa) Sério?

MINHA MÃE: Por que você não tira essa maquiagem antes de ir para casa, Catie? Você não quer que os vizinhos vejam antes do Dia das Bruxas, né?

CATIE: (subindo a escada, ainda confusa) Acho que não.

Eu fui para o andar de cima com ela e, quando ela se olhou no espelho do banheiro, pensei que ela ia ter um ataque do coração. Minha mãe tinha razão. A Catie estava mais parecida com um zumbi que com a Tiffany J. Só que ela quase teve uma crise de riso quando viu a maquiagem. Ela disse: – Não é à toa que minha mãe ficou assustada! Parece que você jogou tinta em mim!

Eu ri tanto que fiquei com *soluço*. Na hora em que a gente desceu a escada, minha mãe e a senhora Brown estavam conversando e tomando chá. A mãe da Catie parecia *bem* contente de ver a Catie sem a maquiagem e, depois que elas foram embora, minha mãe

nem ligou para o batom quebrado dela nem para a sombra que eu deixei cair no blush. Ela disse:

– Já estava na hora de comprar maquiagem. Eu tenho essa aqui há anos. Por que você não fica com ela para treinar?

Minha mãe é a melhor!

Segunda-feira

O dia começou muito bem. Pena que não continuou assim.

Na hora do recreio, a Catie estava no parquinho ensaiando a dança dela. Ela dança muito bem. Como eu sabia todos os passos, fui lá dançar com ela. Depois, a gente mostrou para a senhora Khan, a merendeira, e ela ficou impressionada. Então a Catie disse para ela que eu ia cantar no concurso de talentos e que eu tinha passado no teste do *Voice Factor*. Enquanto eu tentava não ficar vermelha de vergonha, a senhora Khan pediu para eu cantar. A Mandy Harrison escutou e veio ver. De repente, a Mandy Harrison, o David Furnivall, o Darren, a Julie, a Jennifer e a Jane Harding estavam ali em volta pedindo para eu cantar.

Aí a Mandy disse: – Se você canta tão bem assim, por que a gente nunca ouviu você cantar?

Eu usei a desculpa que eu tinha usado ano passado *sobre* o coral da escola: que o meu professor de canto não queria que eu pegasse vícios de canto de um coral de escola. Só que agora minha cabeça girava e girava e eu não conseguia pensar em uma desculpa nova. *Todos* ficavam gritando e pedindo para eu cantar!

Parecia um pesadelo. Então eu coloquei a mão na garganta e disse que estava com dor.

A Catie parecia preocupada:

– Espero que esteja boa para a apresentação.

A senhora Khan veio e sentiu minha testa.

– É, você parece um pouco pálida – ela disse, depois me levou para dentro e me pediu para ficar sentada no escritório.

Ainda estou sentada aqui, esperando o sinal tocar para ir para a próxima aula. A secretária, senhora Dumpleton, deixou eu sair para buscar meu diário, então posso escrever enquanto espero.

POR QUE EU NÃO FALO LOGO PARA A CATIE QUE EU NÃO SEI CANTAR?

☹

Porque eu gosto de ter uma melhor amiga.

(*suspiros*)

Terça-feira

A mentira que eu contei para a Catie sem dúvida fugiu do meu controle. A escola inteira acha que eu vou participar do *Voice Factor*. E o ensaio geral para o concurso de talentos começa em dez minutos.

Estou escondida no banheiro. Parece ser um lugar bem legal para escrever no meu diário. Principalmente agora que encontrei uma maneira de escrever sem que o meu cotovelo fique batendo na porta. Este é o único lugar onde eu posso ter privacidade. Acho que cada aluno deveria ter seu cantinho pessoal na escola: um casulo aconchegante com uma cadeira confortável, com porta à prova de som e uma trava, para usar como esconderijo quando

precisar fugir de pessoas que ficam perguntando coisas como: "Que música você vai cantar no concurso de talentos? O Steven Fowl vai assistir? Por que você não contou para a gente que você tinha passado no teste do *Voice Factor*? Quando você vai aparecer na televisão?"

Ah, não! A Catie está lá fora, batendo na porta das cabines. A professora Ellen quer que os primeiros cinco alunos a se apresentarem fiquem no palco, prontos para começar.

E agora, o que vou fazer?

Já sei! Vou falar para a professora Ellen que hoje só vou poder dublar porque estou poupando minha voz para o dia do concurso.

Genial! ☺ ☺

Mais tarde

☹ ☹ Como sou boba!

Por que eu achei que a professora Ellen me deixaria dublar? Ela disse: – Desculpe, Pippa, mas precisamos ter uma ideia da qualidade da sua apresentação.

A Catie, a Mandy Harrison, o David Furnivall e as gêmeas estavam assistindo tudo dos bastidores do palco. O senhor Badger, a professora Gould e o professor Thomas estavam sentados bem em frente ao palco com suas pranchetas, ensaiando para serem os jurados.

De repente, eu me senti como se estivesse fazendo um teste de verdade para o *Voice Factor*, só que desta vez minha imaginação não ia fazer tudo dar certo.

Três coisas passaram pela minha cabeça:

1. Correr.

2. Fingir um desmaio.

3. Confessar tudo.

Olhei em pânico para a professora Ellen. Eu podia ler os lábios da Catie dizendo "Vai, Pippa!" por trás da cortina do palco. Aí a professora me deu o microfone e colocou a gravação para rolar.

O tempo parou. A única coisa que consegui fazer foi olhar para os professores/jurados enquanto todo o meu sangue descia para os pés. Eu me senti tão anestesiada que quase não consegui escutar a introdução. A Catie estava olhando para mim com a maior expectativa. Eu tinha que fazer alguma coisa.

Então eu fiz a pior coisa que eu podia ter feito.

Eu cantei.

QUE ERRO FATAL!

Eu não sei dizer qual parte foi a pior:

1. A cara da Catie quando eu comecei (ela parecia um vídeo com a velocidade acelerada, o rosto dela foi mudando entre descrença, choque, horror, decepção e depois raiva).

2. Quando a Mandy Harrison e o David Furnivall caíram na gargalhada.

3. Quando as gêmeas olharam uma para a outra e disseram ao mesmo tempo: "Ela mentiu!"

4. Quando a professora Ellen me disse (com a voz *suave* que ela só usava com o terceiro ano) que era muita coragem da minha parte tentar, mas que eu não era *boa* o suficiente para participar do concurso. E depois, ela falou que eu podia cuidar dos acessórios se eu quisesse.

5. Quando eu concordei em cuidar dos acessórios (*eu me lembrei de quando tive que vigiar o casaco dos sonhos*).

6. Quando a Catie foi embora sem falar comigo.

7. Quando as gêmeas foram atrás da Catie.

Minha vida acabou para sempre.

Quarta-feira

A Catie não atendeu o telefone ontem à noite. Nem respondeu às minhas mensagens. Minha mãe disse para eu dar um tempo para ela. Ela disse que a Catie provavelmente estava chateada porque eu tinha mentido (contei tudo para minha mãe assim que cheguei em casa. Ela me deu o maior abraço, mas não foi o bastante para acabar com a sensação horrível no meu peito, senti que meu coração estava partindo). Minha mãe disse que, se a Catie fosse tão legal quanto parecia, ela me perdoaria logo.

Então, hoje quando fui para a escola, eu estava meio que esperando que tudo voltasse ao normal.

Entrei na sala antes de o sinal tocar, e a Catie não estava mais na carteira que ela dividia comigo. Ela tinha trocado de lugar com o Darren de novo para sentar com a Freya, perto da carteira das gêmeas. Eu ia ter que passar o dia todo com o bafo de cereal do Darren e as pedrinhas da chuteira dele de novo. ☹ Tentei chamar a atenção da Catie, depois das gêmeas e até da Freya, mas elas só ficavam conversando como se eu não existisse. Elas pareciam tão felizes e ficavam rindo, mas ninguém falava comigo.

Menos a Mandy Harrison, que disse: – Lá vem a melhor cantora do mundo! Pippa Morgan, nossa candidata do *Voice Factor*. Vamos lá, Pippa! O que o Steven Fowl falou <u>de verdade</u> quando ouviu você cantar?

O David Furnivall entrou na onda: – Acho que ele não conseguiu falar nada porque estava muito ocupado dando risada.

Então, a Mandy e o David caíram na gargalhada.

Eu esperava que a Catie ou as gêmeas me defendessem, mas elas só ficaram amontoadas em volta da mesa delas com a Freya como se nada tivesse acontecido.

Achei que eu fosse dissolver no chão que nem sais de banho, mas aí o professor Bacon entrou na sala e fez a chamada, depois a aula começou.

Na hora do recreio, eu não tive coragem de ir para o parquinho, então perguntei para o professor Bacon se eu podia ficar na sala de novo escrevendo no meu diário. Ele olhou para mim com uma cara triste e perguntou se eu ainda estava com saudades da Rachel. Meus olhos ficaram quentes e marejados e eu disse que sim. Aí ele disse: – Eu pensei que você estivesse fazendo amizade com a Catie e as gêmeas!

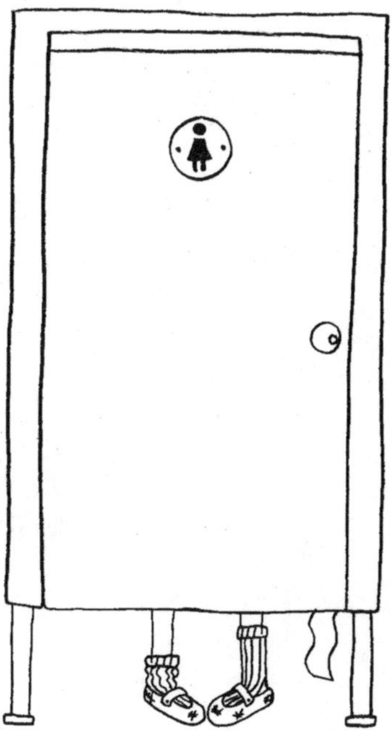

Foi quando eu perguntei se eu podia ir ao banheiro, porque eu não queria que ele me visse chorar. Ainda estou aqui, esperando os meus olhos vermelhos voltarem ao normal. É melhor eu jogar um pouco de água fria no rosto antes que o sinal toque.

Hora do lanche

Estou contente por ter meu diário para escrever enquanto eu como. Eu não ligo se cair ketchup nele. Estou sentada sozinha, é claro. Acho que vou ficar fora da lista da Catie para sempre. A mesa dela está cheia de gente. A Catie é bem mais parecida com a Tiffany J do que eu, porque ela tem um zilhão de amigos que adorariam pegar o meu lugar.

Eu queria que ela deixasse eu me explicar.

Fiquei a manhã inteira tentando me livrar desse sentimento terrível. Depois do recreio, eu fingi que eu era a Tiffany J e que eu só estava visitando a escola. Eu sorria para todos os alunos e, se alguém cochichasse quando eu passava, eu dizia para mim mesma que eles estavam dizendo como sou maravilhosa.

Mas é difícil ficar imaginando que eu sou a Tiffany J enquanto a Catie está sentada a três mesas de distância, rindo com a Julie, a Mandy e a Freya. Eu aposto que a Tiffany nunca foi ignorada na vida.

Eu vou até lá para espiar pela janela do vestiário. Se eu tiver sorte, vou ver um circo passando, e então poderei fugir com ele e nunca mais voltar.

Sexta-feira

Minha mãe está certa. Ficar triste não vai melhorar as coisas. Eu não vou pensar na Catie hoje, mesmo que ela continue me evitando. Depois que o sinal tocou, eu vim ao banheiro para escrever no meu diário. Quando eu entrei, a Jenny estava ajeitando o cabelo no espelho. Ela me cumprimentou e perguntou se eu estava bem.

Eu deixei escapar que eu estava muito triste por ter mentido para a Catie, e a Jenny disse que a Catie estava chateada porque achava que eu era amiga dela e amigos não mentem para amigos.

EU: Eu não quis mentir para ela. Eu estava me sentindo tão sozinha depois que a Rachel foi embora e a Catie só falou comigo depois que eu disse que eu tinha participado do *Voice Factor*.

JENNY: (parecendo pensativa) Por que você não falou a verdade para ela antes do ensaio?

EU: Porque achei que ela ia ficar brava comigo e eu não queria perder a amizade dela. Eu gosto muito dela. De você e da Julie também.

A Jenny só balançou a cabeça como se estivesse ocupada pensando, depois voltou para a sala de aula.

Pelo menos eu tive a chance de contar para alguém o que eu estava sentindo. Acho que preciso me acostumar a ficar sozinha. Vou escrever uma carta bem comprida para a Rachel hoje à noite. Eu <u>sei</u> que ela ainda gosta de mim. E é melhor eu tentar curtir o concurso de talentos. Pelo menos eu ainda faço parte dele, mesmo que seja só vendo se os participantes estão com os acessórios certos antes de entrar no palco. Se eu for muito boa nisso, talvez eu consiga trabalhar com pessoas famosas. E se eu fosse responsável pelos acessórios da Tiffany J? Ou até mesmo pelo figurino dela! Eu até posso imaginá-la dizendo: "Pippa, traga o meu vestido cintilante! Já passou meus lenços esvoaçantes? Sério, Pippa, você é incrível! Eu não sei como eu ia me virar sem você!"

Eu teria que ir para todas as turnês mundiais dela, porque ela não ia confiar em ninguém para cuidar do seu guarda-roupa a não ser em mim. Talvez um dia eu desenhe as roupas dela! Uau! Eu nunca tinha pensado nisso. Aposto que eu ia ser uma grande estilista! ☺☺☺

O sinal tocou. Tenho que ir.

Mais tarde

Foi o MELHOR CONCURSO DE TODOS OS TEMPOS! ☺☺☺

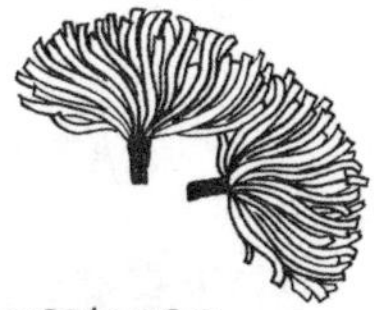

Eu estava nos bastidores segurando uma prancheta, perto de uma pilha de pompons e do boneco de ventríloquo do Darren. Eu já tinha dado os picolés de papelão para os alunos do quarto ano (eles cantaram uma música do filme *A fantástica fábrica de chocolate*. Eles estavam todos pintados de laranja. UMA GRACINHA!).

Eu segurei um espelho para os meninos do sexto ano arrumarem o cabelo antes da

apresentação, e eu tinha acabado de dar o pompom das líderes de torcida do sexto ano quando a Catie cutucou meu ombro.

CATIE: A Jenny me contou o que você disse para ela (a Catie estava roendo a unha do dedão, e aí percebi que ela estava nervosa). Você tem razão. Eu só falei com você porque pensei que você fosse participar do *Voice Factor*. Desculpa por isso, de verdade mesmo.

EU: (entrando em pânico porque parecia que ela só tinha gostado de mim por causa da história do *Voice Factor*) Tudo bem. Quer dizer, você não precisa pedir desculpas. Fui eu que menti, você foi tão legal comigo e eu só queria ser sua amiga. Depois que a Rachel foi embora, achei que eu nunca mais teria amigos e então eu conheci você e... (nessa parte eu engasguei.

Era como se tudo estivesse desabando em cima de mim, como um balde de água fria) fazia um tempão que eu queria contar a verdade, mas eu estava com medo de você não querer mais ser minha amiga. Desculpe mesmo por ter estragado tudo.

Perdi o fôlego. E fiquei sem palavras. Então eu parei de falar e esperei a Catie ir para perto das verdadeiras amigas dela.

Mas ela não foi. Ela me olhou nos olhos por um tempinho. E aí começaram a brotar lágrimas dos olhos dela.

– Oh, Pippa! – ela disse, depois me abraçou.

Então ela me deu um lenço de papel para eu assoar o nariz e me abraçou de novo. E ela disse que estava tudo bem.

Não aquele "tudo bem" que as pessoas falam quando querem evitar uma discussão, mas um "tudo bem" de verdade.

EU: *Você ainda quer ser minha amiga?* (meu coração estava batendo mais alto que a música que estava tocando no salão da escola)

CATIE: Claro! (me abraçando de novo) É muito divertido ser sua amiga.

EU: Mesmo depois da mentira que eu inventei?

CATIE: Você tem uma imaginação e tanto. E você estava sozinha e se sentindo mal. E eu meio que fiz você mentir quando ignorei você, foi bem cruel da minha parte. Mas eu não conhecia você. Eu tenho muita sorte por você querer muito ser minha amiga, porque eu sou tão CHATA! Com você, minha vida é muito mais divertida! Eu subi numa árvore graças a você, e a gente vai subir no palco daqui a pouco e se apresentar para toda a escola.

EU: (com o coração indo parar nos meus pés) A gente?

CATIE: Você pode dançar comigo! Foi você que me ensinou todos os passos.

(Nesse momento, as líderes de torcida do sexto ano tinham acabado a apresentação e já estavam saindo do palco.)

EU: (com o coração voltando para o lugar certo, e me sentindo mais leve depois de tanto tempo) Você quer mesmo que eu dance com você?

CATIE: (rindo) Desde que você prometa que não vai cantar.

Então ela pegou na minha mão e me levou até o palco.

A professora Ellen estava nos bastidores. Ela encarou a gente como se tivéssemos enlouquecido e estragado tudo. Mas era tarde demais, a nossa música já estava tocando.

A dança foi um pouquinho confusa, mas deve ter sido legal, porque a plateia aplaudiu no final. As gêmeas gritavam e todos batiam palmas. Então a Catie puxou a minha mão e se curvou para baixo, numa saudação radical. Eu fiz o mesmo movimento, e a professora Ellen começou a sacudir as mãos, falando para a gente sair do

palco porque o Darren tinha que fazer o número de ventríloquo.

Depois do concurso, a Jenny e a Julie ficaram saltitando em volta da gente, dizendo que a gente era o máximo. Os jurados anunciaram os vencedores e adivinhe só: ficamos em segundo lugar!

Demais, né?

SEGUNDO LUGAR!

E aí o sinal tocou e a mãe da Catie chegou. A gente contou para ela sobre a dança e que ficamos em segundo lugar e ela convidou a gente para comer pizza para comemorar.

Pizza depois da escola é bom demais! Principalmente quando estou com a minha nova melhor amiga. No começo, eu estava um pouco nervosa na pizzaria porque, cada vez que eu mordia uma torradinha, caía uma chuva de migalhas na toalha da mesa. Mas a senhora Brown não parecia muito preocupada com aquela *sujeira* e deixou a gente comer quantas torradinhas a gente quisesse.

SENHORA B: Eu não *sabia* que a Catie dançava *bem*. Ela nunca dança em casa.

CATIE: É que tenho medo de quebrar alguma coisa.

SENHORA B: Então por que você não treina na grama? *Tem* bastante espaço lá (ela piscou). E você ainda vai poder ficar de olho no senhor Briggs, caso ele comece a enterrar mais coisas na caixa de areia do Harry.

Eu ia ficar vermelha, mas a senhora Brown riu de um jeito tão fofo que era impossível ficar com vergonha.

Então ela me deixou em casa. Minha mãe estava vendo um documentário sobre animais selvagens. Eu contei para ela tudo o que tinha acontecido no concurso de talentos e que a Catie tinha me perdoado e que a gente tinha feito a melhor dança de todos os tempos. Minha mãe me abraçou e disse que eu era genial, e então eu peguei meu diário e me aconcheguei perto dela para escrever, e ela voltou a prestar atenção nas caranguejeiras da Malásia.

Que dia maravilhoso!

Dançar na frente de uma plateia foi ÉPICO. Não acredito que eu queria ser cantora.

Eu ainda não consigo acreditar que a gente ficou em SEGUNDO LUGAR! E isso porque foi nossa primeira apresentação. Imagine se a gente continuar treinando, vamos ser ótimas! Acho que não vou me importar mais em ser figurinista, agora que descobri que ADORO dançar.

Eu já posso imaginar a gente no estádio de Wembley: eu e a Catie estamos nos apresentando em uma companhia de ginástica, a plateia está no escuro e muitos holofotes iluminam a gente no meio dos outros ginastas. Eu faço uma graciosa parada de mãos, enquanto a Catie dá um salto e fica em pé se equilibrando na sola dos meus pés. Ela se equilibra de um lado, depois levanta uma perna num gesto suave e faz piruetas. Eu me viro devagar debaixo dela e a gente se move como uma bailarina fazendo piruetas em um espelho.

Minha mãe queria saber o que eu estava escrevendo. Eu falei para ela da equipe de ginástica e ela passou a mão no meu cabelo e disse: – Sua imaginação é tão grande que tenho medo de você se perder dentro dela algum dia.

Talvez eu me perca, mas eu não ligo. Minha imaginação fértil é uma das razões pelas quais a Catie gosta de mim. Acho que eu sempre vou inventar coisas, mas existe uma coisa que eu nunca mais vou fazer:

Eu nunca mais vou mentir para a minha mais nova melhor amiga, a Catie Brown (talvez só na semana que vem, quando ela vier dormir no Cantinho do Papai. Eu estava pensando em contar para ela que ele está morando nesse apartamento porque estão decorando a mansão dele. Eu gosto de imaginar que ele é um milionário secreto. Aposto que a Catie também vai gostar).

Melhores
Amigas

Principais razões pelas quais eu e a Catie somos melhores amigas para sempre

1. Nós dançamos muito bem juntas, tão bem que até ganhamos um prêmio!

2. Nós duas gostamos da Tiffany J (a Catie não gosta tanto quanto eu, porque ninguém gosta mais da Tiffany J que eu!).

3. Eu ajudo a Catie a fazer coisas emocionantes, tipo subir em árvores e saltar de helicópteros sobre mares cheios de tubarões (na verdade, a gente ainda não fez esse último...).

4. A gente ri DE MONTÃO quando estamos juntas, mesmo quando as coisas dão errado. Principalmente quando as coisas dão errado!

5. A Catie mora em uma casa perfeita tipo aquelas de filmes e não liga que a minha casa pareça uma bagunça pisoteada por uma manada de elefantes

6. Nós duas gostamos de andar descalças em cima de coisas que fazem cócegas nos nossos pés.

7. Nós fazemos trabalhos escolares incríveis juntas.

8. A Catie acha mesmo que minhas trapalhadas são engraçadas, e ela nunca suspira nem revira os olhos para mim como certos professores!

9. A Catie diz que é divertido ficar perto de mim.

10. A Catie sabe perdoar e é muito gentil.

Viver é D+, da Tiffany J

Viver é D+
É isso aí!
Vamos lá
Vamos nos divertir!

Só se vive uma vez
Então, vamos viver de vez!
Como é bom fazer amigos
Então, venham dançar comigo!

Viver é D+
É isso aí!
Vamos lá
Vamos nos divertir!

Só se vive uma vez
É agora, um, dois, três!
Vamos curtir com os amigos
Então, venham cantar comigo!

Viver é D+
É isso aí!
Vamos lá
Vamos nos divertir!

Só se vive uma vez
Todos juntos, eu e vocês!
"Viver é D+" é o que eu digo
Venham se divertir comigo!

Viver é D+
É isso aí!
Vamos lá
Vamos nos divertir!

ITENS BÁSICOS PARA A FESTA DO PIJAMA DA PIPPA

- *O seu travesseiro*: o travesseiro de outra pessoa sempre parece feito de pedra. Por que será?

- Lanterna: caso aconteça uma invasão alienígena à noite e eles cortem toda a eletricidade. Também é útil para encontrar doces durante o lanchinho da meia-noite.

- Doces para o lanchinho da meia-noite.

- Doces SEM CHOCOLATE para o lanchinho da meia-noite: chocolate derrete e suja tudo, mesmo quando a gente come rápido. Uma vez, eu levei um saco de moedinhas de chocolate para uma festa do pijama na casa da Rachel, e eu acordei com o pijama cheio de manchas de chocolate. Foi *très* nojento! (*très* em francês quer dizer "MUITO"!)

- Seu pijama mais legal: mesmo que não seja o mais confortável. A minha heroína, a Tiffany J, diz que ela usa o pijama mais legal dela em todas as turnês. E ir para uma festa do pijama é meio que uma turnê porque a gente fica fora de casa e... a gente fica fora de casa.

- Um CD da Tiffany J: ela tem músicas ótimas para uma festa do pijama, principalmente a música *Melhores Amigas para Sempre*.